創批全作詩

개벽의 노래

이 종 원

창 작 과 비 평 사

1992

책머리에

백　낙　청

　선배의 저서에 머리말을 쓴다는 것은 확실히 주제넘은 짓이다. 그러나 저자 당신의 강권을 물리치기도 힘들었지만, 연작시 『개벽의 노래』를 읽으면서 책머리에 한두 마디 적는 것이 전혀 무의미하지 않겠다는 생각이 들었다. 이 작품의 경우에는 나의 변변찮은 이런 소개말도 필요할지 모르겠다는 느낌이 든 것인데, 얼마큼의 안내 없이는 다가가기 쉽지 않은 면을 지닌 시집이면서 약간의 부추김을 곁들여서라도 독자들과 함께 나누고 싶은 시집이 바로 이 『개벽의 노래』라고 생각되었기 때문이다.

　다가가기 쉽지 않은 까닭은 무엇보다도 여기 실린 대부분의 시들이, 엄밀한 의미의 선시(禪詩)는 아니지만 불교시인의 작품답게 선시의 난해성 비슷한 것을 지니고 있다는 점이다. 그런데 참된 선시는 서양 현대시의 영향으로 우리 주변에서 너무나 흔해져버린 난해시 또는 불가해시와는 다른 차원에 있다. 우리의 전통에 뿌리를 두었다는 점이 우선 다르고, 특히 오늘날에는 '민중시'의 성격을 띰으로써만 그 전통의 갱신에 성공할 수 있다는 점이 중요하다. 요즘 들어 선시라는 것 또한 하나의 유행이 되었는데도 정작 훌륭한 선시가 많지 않은 것은, 쓰는이가 이렇다 할 성리(性理)연마의 경험도 없이 대드는 수가 많아서 그렇기도 하지만, 80년대 민중시 운동의 치우침과 잘못들에 대한 반성이 지나쳐 민중문학 자체를 외면하는 자세로 선시 창작에 나서는 일 또한 흔하기 때문일 것이다. 그에 반해 현산(現山) 이종원(李鍾圓) 시인은 원불교의 교역자로서 시류에 아랑곳없이 오랫동안 시작과 수도생활에 정진해왔고, 이번 시집에서는 원불교의 창시자 소태산(少太山) 박중빈(朴重彬) 선생이 제창한 '후천개벽'을 주제로 잡아 한 권의 시편을 전작으로 상재하기에 이르렀다. 최수운, 강증산 등의 뒤를 잇는 소태산의 후천개벽 사상 자체가 불교와 우리 민족 고유의 민중사상이 만나는 자리를 찾은 것이지만, 그러한 모색의 연장선 위에서 불교시인이자 민중시인으로서의 자기 육성을 찾으려는 현산의 노력은 오늘의 한국시 전체를 위해서도 뜻깊은 것이라고 믿는다.

『개벽의 노래』에서 그 불교적 심상이나 어법은 첫 편부터 두드러진다. 그러나 이에 못지않게 중요한 것이, 결코 시공을 초월한 깨달음만이 아니고 지금이 선천과 후천이 엇바뀌는 혼란기라는 시국에 대한 진단과, 이 혼란의 한복판에 놓인 민중 속에서 민중에 의해 '개벽'이 이미 시작되고 있다는 신념이다. 민중에 대한 저자의 신뢰는 「개벽의 노래 17」 끝머리의

우리네 오매 아부지 성님들
동네방네 사람들 천하 병신들
우리네 조선 풍신 만국 양반들이
뚝배기 개장국이나 들며
이미 등극하신 땅이지요

황토배기
개벽벌이지요

같은 대목에 선언적으로 표현되기도 하고, 이어지는 18번의 '징서방' 내외 이야기라든가 19번에서 "절에 가서 중노릇만 하면/밥을 준다고 허길래/그냥 좋아서 따라왔지라우"라고 말하는 스님과의 "그 기가 막힌 산중문답", 또는 78번에서 81번에 걸쳐 그려진 민중들의 모습에서처럼 구

체적인 애정으로 드러나기도 한다. 또한 어디까지가 '나'의 자화상이고 어디까지가 다른 '바보사나이'의 묘사인지 새삼 의심이 걸리도록 하는 특이한 작품인 60번에서는 스스로의 못난 점에 대한 자인과 자책이 잠시 침묵의 순간을 거쳐서 문득,

  태양은 오히려 푸른 돌머리에서 떠오르고
  창밖은 이내 눈부신 봄이었네

라는 뜻밖의 반전을 이룩하는데, 이런 것도 불교인의 성리연마와 민중적 낙천성이 자연스럽게 만난 순간이라 하겠다.

  이처럼 민중에 대한 신뢰와 애정이 결코 단순치 않은 '선적인' 표현을 낳곤 하는 것이 이 시집의 특징이다. 하지만 이는 저자 개인의 불교적 신앙이나 취향 때문이라기보다, 민중이 이룩하는 후천개벽이라는 발상 자체의 역설적 성격이 요구하는 바가 아닐까 싶다. 민중의 삶이 다소 개선되는 정도가 아니고 그렇다고 민중이 그 소박함과 예사스러움을 잃지도 않으면서 '개벽'에 값하는 새 역사를 창조하려면, 크게 어리석을 정도로 순박하되 결코 고지식하지 않은 집단으로 그들이 성장해야만 한다. 이는 물론 새로운 집단적 주체의 형성을 전제하지만 그렇다고 깨달은 개개인의 마음보다 앞서서 성립하는 것도 아니다. 이 화두(話頭) 아닌 화두에 의심이 걸리면서 정진을 멈추지 않는 신심과 변증법적 통찰이 현실의 필수적인 부름이기에, '선시적' 요소가 배제된 과학의 언어는 민중이 부리는 연장은 될지언정 민중의 뜻을 세우고 나투는 그들 자신의 육성은 되지 못한다. 언젠가 김수영이 "고지식한 것을 제일 싫어하는 말"이라고 노래한 시인의 언어야말로 차라리 그러한 육성인 것이다.

  그러므로 시인의 후천개벽 주장이 단순한 주장을 넘어 하나의 화두가 될 때, 그것도 참선을 작심한 수행자만이 붙잡는 화두가 아니라 수많은 독자들에게 노래가 되면서 저절로 화두가 걸릴 때, 그것은 한 편의 시라는 그나름의 '개벽'의 성취인 동시에 '후천개벽' 역사의 어김없는 진전이

되기도 할 것이다. 예컨대 '노래' 5번은 여래의 금강(金剛)과 우리나라의 금강산을 일치시키는 데서 출발하여 그 화엄법화의 세계와는 너무나 다른 우리의 현실에 절망하기를 거부하면서 다음과 같이 끝맺는다.

금강산이여
금강산이여
금강을 가슴으로 우리가 살아가는 것은
우리가 바로 금강인 까닭이지요
금강이 되는 일이지요
금강산 주인이지요
이 세상 역사의 주인이지요
조선이 다시 조선이지요

이것은 소태산이 금강산을 유람하고 돌아와서 지은 "금강이 현세계(金剛現世界)하니 조선이 갱조선(朝鮮更朝鮮)이라"는 (일제하 당시로서는 적이 불온한) 글귀를 받은 것인데, 오늘의 민중이 통일된 민족으로 금강산 주인이 되고 세상 역사의 주인이 되는 (아직도 다분히 불온시되는) 일과 부처의 금강을 내것으로 삼는 일이 하나의 시적인 효과로 어우러져 독자를 사로잡는 데 성공하는 만큼은, 그렇게 사로잡힌 독자의 마음속에 그만큼의 개벽을 이룩한다고 해도 과언이 아닐 것이다.

이 시집 여기저기서 그에 방불한 효과가 성취되고 있다고 믿어지기에, 그 일에 조그만 이바지라도 할까 하고 외람된 몇 마디를 책머리에 늘어놓았다. 실제로 이바지가 되었다면 나로서는 다행이지만, 이런 식의 이바지를 꼭 필요로 했다고 할 때는 '개벽의 노래'로서 아직 모자람이 있다는 점도 지적하고 싶다. 가령 때로는 화두답지 않은 장황함을 말끔히 씻어내는 숙련을 더 보여주었다거나, '선시' 속에조차 구체적인 생활의 모습을 담아내는 값진 성과가 더 많았다거나, 그려진 민중의 모습이 현대도시의 삶까지 망라하는 폭과 다양성을 지녔다거나, 연작시가 일관된 주

제를 다루었고 그 배열에도 전혀 무심한 것은 아니었지만 좀더 뚜렷한
구성을 지녔다거나 했더라면, 곧바로 독자들과 만나는 쪽이 무엇보다 효
과적이고 그들을 사로잡는 힘이 훨씬 컸을 터이다.

들건대 현산은 이 연작을 계속하리라고 한다. 내가 아는 그의 순수하
고 노익장한 정열로 보아 앞으로의 작업에 배전의 기대를 걸어도 좋으리
라 믿는다.

1992년 10월

개벽의 노래／차 례

1

시새는 일월이라 하지 말게나
저마다 스스로 하는 그 뜻일레
자네는 자네의 조물주
나는 나의 조물주라네
천정에 들린 비늘 돋힌 해조음(海潮音) 보고
언덕배기 하늘을 떠도는 양떼구름 듣고
그러나 여기가 고향은 아니라네
도무지 자네나 나나
이 세상이
온통 태어나기 이전의 자유 아니고는
저 꼭두새벽빛으로 늘 거듭나고 거듭나는
그러한 신바람나는 삶 아니고는
아닐세 아닐세
그보다는 촉루(觸髏)에 눈망울 돌아
그 눈망울 찌르는 봄을
삼가 우리들의 참한 신부로 맞아들이는 오늘
그렇듯 주는 일도 없고 받는 일도 없이
설레는 사랑
지금 그 사랑은 누구의 얼굴일까

낮이면 해가 되고
밤이면 달이라네

2

온몸으로 주시는 뜻이니
온몸으로 받아야 하지요
온몸으로 살아야 하지요
나도 없고
너도 없는
허공 벌판
온몸으로 온통 주어버리고
이제는 창창한 허공이 되어
새 바람
새 하늘
새 흙이 되어
새 불씨가 되어
온몸 허공 벌판 불태우며
우리들 저마다
온몸으로
온몸으로
허공으로 살아야 하지요

3

이게 누구라던가
하늘이라던가
허공이라던가
사람이라던가
백골이라던가
이내 백골이 다 되어버린
하늘 땅
백골 무상한 향기라던가
실은 오른 것도 아니고
예까지 내려 서서
더는 나아가고
물러설 땅이 아니어
그러나 찰나에 무너져버린
절정의 얼굴
수없이 떨어져간
백천만억 성좌 그 얼굴들
광겁이 메아리 되어
붉은 심장을 맺는
뜨거운 눈물 한방울 속에

매달린 천황봉!
지금 이게 도대체 누구라던가

4

입춘 우수철을 지나니
이제는 무엇이 좀 트이겠구나 하는
알 수 없는 예감인가요
그래서 이른 아침부터
소근거리기 시작한
아련한 봄비 속으로
아련한 봄비 속으로 들었지요
이 아름다운 슬기 포근히 내리는
봄비 속으로
나는 봄비가 되어
우리들 대학로 숲길을 걸었지요
나는 잠자코 입을 다문 채
바야흐로 이 천지가 불씨로 번져버린
몽롱한 안개 속에서
두 팔을 벌리고 기다리는 게 아니지요
실은 저마다 나름대로는
무엇인가 되어가고 있었지요
이제는 하늘도 철이 들고
땅도 철이 들고

사람도 백성도 다 철이 들어버린
이 마당에서
사방팔방 탈바가지들
그를 태워버리고도 버리지 못하는
그 부질없는 불씨의 이야기로나
남은 겨울
남은 세상 보내노라면
이 하늘 땅이
온통으로 봄비가 되어
불씨가 되어
아련히 아련히 내리는 아침이지요

5

금강이여
금강산이여
금강반야바라밀이여
세계 지혜 완성이여
화엄 법화 총화의 아름다움이여
하지만 여기서 이렇게 마지막 판으로
죽어버릴 수는 없지요
그럴 수는 없지요
아니지요 아니지요
어느 누구든지 허실 삼아서라도
한번만 물어보시지요
참 말씀 드릴 말씀은 없지요
그래 금강산 올해 몇 살이나 먹었나요
금강산 귀에다 대고
조용히 조용히 물어보시지요
무슨 안개나 바람소리
무슨 햇빛 공기
무슨 꽃향기
어느 세월 노을빛으로도

금강산 일만이천 봉우리마다
무시광겁의 나이테와
그 무상(無相)의 슬기
영기(靈氣) 서려 있는데
만물상도 구룡폭포도
비로봉도 해금강도
이리하여 개벽의 이 나이로는
항상 젊지요
항상 중심이지요
항상 출발이지요
항상 처음의 처음이지요
이 세계적인 장엄으로
이 세계적인 보배 다이아몬드로
이 세계적인 통일의 한복판으로
무위이화(無爲而化)로 나타난
금강산이여
금강산이여
금강을 가슴으로 우리가 살아가는 것은
우리가 바로 금강인 까닭이지요
금강이 되는 일이지요
금강산 주인이지요
이 세상 역사의 주인이지요
조선이 다시 조선이지요

6

이 골짜기 저 골짜기
죽어도 다시 태어나도
항상 은은한 봄바람 돌고 도는 돌머리
돌머리지요
수없는 허공 언덕이지요
수없는 허공 언덕 넘어온 돌머리지요
이내 창망한 바다가 되어버린 돌머리지요
이내 돌머리가 되어버린 창망한 바다지요
우뚝 우뚝 우뚝
하늘이 푸른 뼈다귀로만 남은
서슬 푸른 절정
서슬 푸른 절정이지요
양떼구름 한장이지요
양떼구름 한장
두리둥실 떠나보내고
하늘 마음 출렁이는 돌머리지요
이제는 더 생각하고
어쩌지도 못하는 돌머리사
우리네 돌머리사
개벽판이지요

7

주르륵 주르륵 주르륵
한량없이 내리는 빗속을
빗속을
비와 함께 나섰지요
이 막막하고 참담한 산업도시
생목숨
생피를 마시며
이제 거목이 되어버린
원자기지
핵기지
원자나무
핵나무들
보이지 않는
창창한 허공 정글을 헤치며
주르륵 주르륵 주르륵
마구 마구 쏟아지는 줄기찬 빗줄기
살아가는 이 무수한 빗줄기 속에서
오늘은 처참하게 죽어가는가
오늘은 철저하게 살아가는가

이제는 더 몸부림치며 돌이킬 수도 없는
이제는 뿌리 뽑힌 채로
오늘은 마지막 빗줄기가 되었지요
오늘은 마지막 중음신이 되었지요
온갖 막된 선천 귀신
더는 오갈 데 없이 방황하는
원자 귀신
몽달 귀신
우환 많은 새 마을
예까지 몰려와서도
못 살고 불 나가버린
빈 집구석 귀신
동네방네 불길한 소문도 자자하던
앞 고샅
뒷 고샅
한 고샅 할 것 없이
전라도땅 흉흉한 흉년에
창자가 밭아버린
버려진 우물가에나
아 그렇지요 그렇지요
주르륵 주르륵 주르륵
그 개가죽나무나 되어
다시 와야겠지요

8

간밤에는
비가 비가 억수로 쏟아졌지요

산 하나가 감쪽같이 없어지고
천년 옛둑이
천년 토굴이
흔적도 없이 사라졌지요

밤이 무너지고
천지가 무너지고

새 아침은
밤이 무너지고
천지가 무너지고 없는
나만의 등뒤에

온통 무지개
무지개판이 벌어졌지요

그도 그럴 것이
삶은 절벽이 멍울진
붉은 산딸기지요

죽음인들
보이지 않는
유장한 골짜기
흰 길이지요

이제는 우리들의 사랑도
그 사랑 찾는 밤 비나리도
밤하늘 찌르는
무수한
무수한 불기둥들도
끝끝내 나의 죽음으로
우리의 억조무량 그 죽음으로
이루어낸
소중한 가슴이여
소중한 깃발이여

아 우리의 가슴판
거룩한
거룩한 피벌판이지요

9

오죽하면 사랑이라
목숨이라
사랑의 우물
목숨의 우물 하겠어요

고작해야 하늘이 말라버린
우물을
흙으로 바람으로
물 불로 사라진 목숨
부질없는 사랑을

그러나 뜻밖에도
영원한 의지처니
마지막 돌아가 의지할 곳이니

하지만
우리들의 허수아비가
태고때 장승으로나 서서
이제 다 저물어버린 가을 벌판

이윽고 지새는
으스름한 누리지요

허공으로 매달린
희미한 실마리
그 희미한 실마리 소식

허공마저 황황히 사라지고
슬픔도 없이
눈물도 없이
돌아가야 할 대지도 없이
빈 육신
허공중천 소리없는
사랑
목숨 적신 우물이지요

10

하늘이 가이없다
하지만

하늘 아래
훤히 트인 대지
바로 거기 끝이지요

산도 들도
물도 그치는 자리에서는
그치지요

일체 생령
우리네 사는 일들
무량겁 지나고 나면
이 역사라는 것도
바로 그 시작으로부터
거기가 끝이지요

이제는 스스로 거둬들이는 일이지요

돌고돌아 지극하여
구공(俱空)으로
구족(俱足)으로

천지 우주
산하 대지
일체 생령
두루두루 남음 없이
거둬들이는 일이지요

어느 허공
어느 마음 밖에나
서성거리며
행여나 해탈이여 해방이여
천당이여 극락이여 하지만
잘 먹고 잘 살고
그렇게 끝나버린
악순환이었지요

실은 처음도
끝도 모를
한줄기 바람 ──
영영 보이지도 않으면서

그러나 이 세상 땅끝 나무
나뭇가지
핵가지
핵구름
티끌먼지 터럭먼지 끝에나 앉아서

이· 대명천지 한낮에
나직이 흔들어 울어예는
굴뚝새지요

무슨 자유니
무슨 평등이니
개나발이니
이 창창한 허허공공
실실히 뻗은 진실마다
침묵의 그림자 드리워진
말씀이지요

11

여기에 우물 하나를 파는 뜻은
이 세상이 다 끝나버리는 날
그 날만이
그 날이 아니지요

이 세상이 끝나고 시작하는
그 날이 아니라
하늘이 시작하고
땅이 시작하는
실은 그 전날
그보다도 그 이전의 이전
그 전전날이 아니라

삼천대천
천백억화신
불보살 붉은 넋이
말하자면
이 천지
이 우물 하나지요

12

하늘이여
하늘이여
그냥 하늘이게 하여라
그냥 우리이게 하여라
그 언제
그 어디에서나
우리의 마음이게 하여라
우리가 다 같이 지니고
우리가 다 같이 보고 듣고
우리가 다 같이 살고 죽는
우리의 마음이게 하여라
우리의 마음
우리의 흐느낌이게 하여라
남에서나 북에서나
서에서나 동에서나
마음으로나 서로 걸림없이 만나야 하는
우리의 소리없는 흐느낌이게 하여라
하늘이여
하늘이여

그 엄청난 광겁의 울음
온통 흐느낌이게 하여라

13

수수천억 만만 마리 휘파람이
바야흐로 나뒹굴어버린
만경이라
한바다라
이대로 한판 억조무량겁이라

가사 모래 한알
돌 하나
풀 한포기라도
바람 한점이라도
노을 무덤 열반성이여

가사 그게 그것이고
또 그게 무엇이라 한들
아니다 아니다 아니다
아닌 것도 아니다

삼베등거리
베잠뱅이

죽을 수도 없는 그 죽음 가난이야
사내대장부 한판 드센 반골로
태산처럼 의연히 참아오다가도
그러나 타고난 목청이 걸걸하고
착한 조선백성
조상님네 조선양반
만국양반 개땅쇠들

죽을 판이다 살 판이다
살 판 아니면 죽을 판이다
죽을 판 아니면 살 판이다
너 아니면 나 죽는다
나 아니면 너 죽는다
너 때문에 나 산다
나 때문에 너 산다

그런 세월 저런 세월
저런 목숨 그런 목숨
이렇게 죽이고 저렇게 살리고
이렇게 살리고 저렇게 죽이고
그러면서 이 천지 우주
누가 누구를
그 무엇 하나
어느 티끌인들 버릴 것이 있었던가

이 누리가 삶으로 온통 은혜시라
대명천지 만경창파 무리무리 천지신명
죽음으로 삶으로
삶으로 죽음으로
돌고돌아 지극하여
무량겁의 만경바다
원시로 돌아오는 원시생명 만경바다
조선백성 만국양반
개벽판인 만경바다
대적광(大寂光)인 만경바다

수수천억 만만마리
휘파람
휘파람 소리
휘휘로이 가득 차라

가득 차고 가득 차라

14

오죽허면 우리들이 이렇게 되었겠느냐
오죽허면 오늘날 우리들이 말이다
오죽허면 갯벌땅 갯벌이 되었겠느냐
그냥 아무렇게나 되는 대로
마구마구 드러누워버린 채
우리들이야 갯벌이 되었겠느냐
우리들이 이 지긋지긋한 업장덩어리
살과 뼈를 모조리 녹여 바쳐버리고
있는 것 없는 것 다 내주어버리고
차라리 만경강 만경창파가 되어
그러나 오늘날 저리도 흐리멍텅구리
만경강이여
만경강이사 만경강이 되었겠느냐
갯비린내가 되었겠느냐
갯비린내나는 여편네가 되었겠느냐
갯비린내나는 사내가 되었겠느냐
갯비린내나는 자식새끼가 되었겠느냐
갯비린내나는 하늘
갯비린내나는 바람이 되었겠느냐

그러나 저러나간에 어쩌겠느냐
천억겁 만억겁의 하늘이 무너져 내리고
시새워 죽어가는 시절
무시무시하게 거룩한 갯벌땅
개벽땅 이 한복판
이 한복판에
수수천억 붉은 해가 지고 새는
만경강
어떻게 생각하면 참으로 안되었지만
한번 생각해 보아라
오죽허면 갯비린내 귀신쌍이 되었겠느냐
오죽허면 우리들이 이렇게 되었겠느냐
이렇게 살았겠느냐

15

선창에 들어서면
문득 독비린내 천지지요
아니 그보다도 광막한
저 어둔 바다
온 몸뚱이로 꿈틀거리며
살아가는
바다의 태초가
바다의 원색이
무시광겁의 독비린내지요

이미 사방으로 툭 툭 다 틔어버린
바다에 나서
바다 독비린내 천지에 나서
대낮이건 석양이건
어느 한밤중이건 할 것 없이
두 연놈이 바다의 알몸뚱이로
함께 붙어다니다가 껴안고 살다가
포장마차 막소주판으로 까대다니며
히히덕거리다가 공연히 찔끔거리다가

죽으나 사나 참 더럽게도 한살이 된
그 지긋지긋한 천생연분 독비린내지요

전라도 가뭄이 도지는 끈끈한 몸살 바람
독비린내 바람
신명은 온통 말이 없이 원시의 깃발을
나부끼는데
흐느적 흐느적 흐느적거리다가
서성거리다가 서성거리다가
공연히 서성거리다가 하는 작자들과

난데없이 등뒤 먼 해망공원에서
가슴을 치는
뻐꾹 뻑 뻐꾹 뻐꾹 뻑
뻐꾸기 소리에
흙탕물
갯벌물이
일제히 가슴으로 가슴을 치며 돌아오고
돌아오는 독비린내나는
그 적멸(寂滅)의 몸살
그 적멸의 알몸뚱이가
진탕으로 어우러진 채
지금이사 그 어디에서나
한창 가관이지요

16

서해 앞바다는
떼지어 꿈틀거리는
능구렁이라

수수 만만 마리 능구렁이떼들이
자 기어라 기어라
슬 슬 슬 기어라
대갈통도 발톱도 꼬리도
슬 슬 슬 감추어버린 채 기어라
몸뚱아리로
슬 슬 슬 기는 게 한판 전능(全能)이렷다

이제 서해를 떠나는 배는
진탕 흙탕물 위에
저렇듯 열반성으로 솟아 있거니
이 배에는 육중한 관을 실어야 하네

그저 싱그레 웃으며 한평생을
넉넉히 고기밥으로나 살아온

늙은 어부 태평양 하늘 먹구름 속
그 통바람 날벼락 맞아 죽은
늙은 어부
그의 기막힌 장도를 보내야 하네

사주팔자도 기구하여라
차라리 용왕의 고기밥이나 되자고
함께 맹세하고 살아온
이 어부의 미망인
징짝같이 부은 얼굴들

팽이처럼 신나게 돌아가는
어린 자식새끼들

그러나 궂은 비마저 내리는
이 지엄한 관 앞에서
우리네 한결같이 무표정한 사람들

피비린내나는 해를 물고
무쇠소는
이제 서서히 바다 밑으로 들었느니라

17

우리네 고향은
어차피 버려진 땅
황토배기지요

이 앞의 애장 솔밭 탁산이라든가
구릿골이니
등록골
미륵골이 다 살아서도 못 사는
억새풀이나 길길이 우거진
무서운 산중
황토배기지요

모악산 용화동——누가 안다던가요
붉은 해는 떨어지고
왕년에는 짚신발에 피가 배인
동학재
소롯길 굽이 고개
한세상 안 나온 셈치고
말없이 다만 억세게 살아가는

무지한 백성들이지요

서로는 알뜰히 주고받는 인정으로도
뼈다귀 마디마디 으스러지는
한으로도 어찌합니까
그러나 지나온 광겁의 세월
그 불기둥 불기둥을 날려버린
한떨기의 풀피리
풀피리지요

이제 열리는 새 세상에사
뿌리 뽑힌 인종들
옥황상제들
우리네 오매 아부지 성님들
동네방네 사람들 천하 병신들
우리네 조선 풍신 만국 양반들이
뚝배기 개장국이나 들며
이미 등극하신 땅이지요

황토배기
개벽벌이지요

18

왕년에 자네 동네 수동이 가숙 말일세
수동이가 죽자 청상 되어
정읍 사는 징장수
그 얼금얼금 생긴
징서방에게 개가하였다지

그래 동네사람들이야
으레 맘씨 하나 착한 수동이 풍신도
불쌍하지만 이날 이때 자식도 없이
뭘 보고 혼자 살아 남의 일이지만
참 잘된 일이라고

이리하여 수동이 가숙이
다시 천생연분을 만나
늙은 홀애비였던 이 징서방 따라
징장판을 쫓아다니며
서방 각시 이 늙은 놈
젊은 년이
서로 맞대고 어우러져서

마구 징을 징을 울리는데

그러니까 초성장에서 고부장으로
고부장에서 말머리장으로
말머리장에서 태인장으로
태인장에서 원평장으로
원평장에서 금구장으로
이렇듯이 사방 천지 공사판 쏘다니며
두 연놈이 세상 한복판이 되어
세상 온 장 속을 울리고

뿐만 아니라
천상천하 이 한판을 모조리 울리고
깨어지는데 무너지는데
천지신명이 칼불이 되어
하늘이 깨어지고 꽝 꽈르르르——
도솔천이 무너져내리는 판이라지

19

우리네 기구한 시절
출가 이야기

한세상 안 나온 셈치고
살아왔다는
그 절대의 현실!

산도 아니고
들도 아닌 고갯마루
미륵 장승
미륵 바위 바닥에
막걸리 한잔

그 기가 막힌
산중문답
그 기가 막힌
화두를 듣느니

절에 가서 중노릇만 하면

밥을 준다고 허길래
그냥 좋아서 따라왔지라우

어디 그뿐인거라우
중 서방 하면 밥을 준다고 허길래
참 연분도 연분도 천생연분
보리배필 만나
이렇게 되었지라우

먹고 사는데
눈코 뜰 새 없었지라우

그러고 세월이야 네월이야
어떻게 가는지 마는지도
이제사 앞이 희미한
다 늙은 세월이지만

자식들 먹여 살리고
여편네 먹여 살리고
중생 먹여 살리고
부처 먹여 살리고
산천도 붉고
해도 다 붉었지라우

20

오라는 사람 없고
가라는 사람 없네

석양 길에 어쩌다 만나는 어린이들
경운기를 타고 가는 농투성이들
소를 끌고
소에게 끌려가는
한물 간 늙은이와
검게 탄 얼굴
무언지 궁거로운 듯 파라솔을 접는
중년 여인네와

그저 그뿐
지나가는 서풍같이 무관하였네

그러면서도 이 동네 사람인 듯싶은
이 사람들과도
짐짓 초면 인사도 없는데
수없이 만났다가 헤어졌다가

또 함께 죽었다가
함께 살았다가 하는
그 거울이
구릿빛으로 빛나다가
허공으로 쉬었다가
마음에 와 새기는 따뜻한 사연이라네

그러나 이제 살던 집구석도
다 비워둔 채 나가버리고
그 폐가들의 폐허를
푸른 하늘이나 지켜주시며
정작 그 무슨 말씀
한 말씀도
소나무 정자나무
소나무 동산마루
그까짓 부자마을 꿈
저 혼자나
저희들끼리나 잘 먹고 잘 살아버린
참 알뜰하게 살뜰하게 눈물나는
황토땅 억새땅 거센 가뭄으로
말라 비틀어져 물구나무서서
무너지고 있는 꿈
깨고나도 꿈자리 사나운 꿈

그날그날 살아가는 것이

살아가는 것이 아니라
실은 날벼락
실은 날벼락이 내리는
신명나는·혼돈이지만
언제 누가 뭘 어쨌나
그랬나
아무 일 없이 뿌리 뽑힌 채
조용한 마을 어귀라네

이제는 사람도
하늘도 땅도
제 본전은 고사하고
뼈다귀도 못 추린
바람만 세찬
마을 어귀라네

개벽판 들어선
마을 어귀라네

21

장이나 보러 가세

대목장날
동네방네
어중이떠중이
떠돌이장날

남이 장에 가니
덩달아 나서는
머슴장날

여기저기 허물어진 뒷골목마다
차츰 그런대로 판이 벌어지느니

싸구려 과일전
조금씩 썩은 배나 사과나
못난 감이나 쥐밤 풋대추랑
허름한 곡식낱하며

어쩌면 그리도
패랭이 쓴 조상 닮은
씨 가난
뿌리 가난
내리 가난 대대로 누려오며
굶어죽은
조상님네
푸짐한 제상이여

그리고 한쪽 포장 안에서는
초장부터 막걸리타령
시장기같이 지친 순대국밥이며
어쨌거나 촌양반들 돈푼이나 생긴 것
후딱간에 기별도 없이
날아가버리고

그래도 여전하시구만
그래도 남은 복이지
버린 복이지
남이 어쩌다 놓고 간 눈먼 복이지
뒤처진 복이지
가난하고
쓸쓸한 복이지
죽음복이지
삶복이지

오만가지 쓰레기복이지
복 터진 복
없는 복인들
이게 다 누구의 복이겠나

장이 장이
이 대목 장판이
장솥
하늘솥 속에서
펄펄 끓어오르는데

남들이 다 쓰고 남은 것
지천꾸러기 쓸어모았다가

중이 장에나 떠돌아다니는
별 볼일 없는
역마살 떠돌이
젊은 수보리 이 사람아
그렇지 않은가

이 가난한
이 거룩한 대목 난장판에
자네 그 눈 푸른 사슬이야
이 한낮
저 멀리 허공끝에 꽂아두고

자고 이래로
신시(神市) 이래로
우리가 장꾼
장바닥 되어

지지리도 못난 복
지천꾸러기복
복 터진 장꾼 되어

장이나 보러 가세

22

그대는 이 자식들을
쌀쌀맞게 남남이라 생각하지 않는다지요

실은 다 남의 새끼들이지만
아이들이 어찌나 인정 바르고
착하고 인사성 밝고
희생적이고 부지런하여
이게 다 내 자식
전생의 내 자식이었거니
참 별일이지 한다지요

복도에서나
화장실 앞에서나
때로는 그네들이 일하는 작업장에서
만날 때마다
공손히 합장을 하고
인사를 한다지요

그대가 하는 말인즉

나라고 하는 존재가 공연히 나이만 먹었지
한평생 잘못 살아온 내가
도무지 무엇이길래 그러는지도 알 수가 없다지요

요새 같은 세상에 별로 높은 공부도
공부다운 공부도 못해보고
그대로 막일판으로 떨어졌지만
그게 어디 마구 떨어진 것인가요

밑바닥으로 밑바닥으로
이제 더는 내려설 수 없는 밑바닥으로
이 삶의 벌판 한복판으로
의연히 내려선 것이지요
이리하여 이 새끼들이 저마다 어우러지는
개벽판——
핏빛 생명줄
선령(先靈)줄
새 혼줄이라지요

더구나 이 어지러운 세상
단절의 마지막판인 세상에사
누가 뭐라거나 어쩌거나
질박스런 징소리처럼
천지가 개벽하고
질이 높은 이 새끼들은

모두가 알 수도 살 수도 없는
소용돌이
소용돌이에도 휘말리지 않고
미래의 탄탄한
저 눈부신 햇살 속에서
이내 둥두렷한 반석으로
확연히 밝은 얼굴들
그 없는 듯이 조용히 당당하고
겸허한 얼굴들이라지요

무슨 이름이고 권세고
무슨 탓이고 찌꺼기고
미래는 가지고 누리는 게 아니지요

서로 만나면 으레 합장을 하는 이 자식들에게
그대는 여전히 기울어진 채 다시 일어서서 부끄러워하며
합장을 한다지요

23

이것은 신이 만들어낸 것이 아니지요
이것은 사람이 만들어낸 것도 아니지요
이것은 자연이 만들어낸 것도 아니지요

그러면 도대체 이게 무엇이냐고 한들
이 또한 말도 안 되는 소리지요

이러지도 못하고
저러지도 못하고
어쩌지도 못하고
다만 어쩔 수 없이 마지못하는
이것 때문에
우리들은 살아가고 죽어가는 것이지요

우리들은 살아서도 죽어가야 하고
죽어서도 살아가는 것이지요

일 이 삼 사 오 육 칠 팔이지요
'소로 소로 시시리'*지요
        * '수리수리마하수리'와 같은 일종의 밀어(密語).

24

대낮이 무너지누나

흰 뼈다귀로만
남은
하늘이 무너지누나

흰 재로만
남은
하늘이
아득히 아득히 무너지누나

이제는 그 이상도
그 이하도 더 바랄 수 없는
하늘이 무너지누나

언제부터인가
저는 절대자
폭군 독재자
그 무소부재의 신통력

저는 저만의 목소리와
지상명령 외에
다른 우주와 신과 중생은
도무지 우상으로 시들게 하는

아니다 저마다 한조각 마음이나
자진해버린 그 헤아리지 못할 해골박으로
대신할 수 없는 불안한 하늘이
불안한 하늘이 무너지누나

대낮에 내리던 날벼락이
어느 영문인지도 모를
선천의 날벼락이
저 수수 천억봉(鋒)의
불칼 바다 난무하는
날벼락
서슬 푸른 하늘이 무너지누나

이렇듯 온통 무너져내린
하늘을 쓸어안고 몸부림치는
하늘의 울음소리를
대낮이 들으며

대낮이 무너지누나

25

지금 혜화동 로터리에
지는 석양 내리는 낙엽은
사람 사람들의 때늦은 물결
가슴 깊숙이 묻어둔
겨자 씨알 울리며
하늘 끝까지
땅 끝까지 외롭습니다

여기저기에서 바스락거리는 소리에도 아랑곳없는
어둡고 긴 그림자와
성큼 지축이 이동하는 기척으로
별 그림자와

이리하여 이 이상은 더 지탱할 수 없는
깡마른 서울의 얼굴들이
이 시대의 어쩔 수도 없는 양심이
그냥 이 차디찬 맨바닥에
바스러지고 있습니다

서울 한복판은
그런대로 노을입니다

개벽입니다

26

거울 속에 환히 열린 문을 보고
문득 그리로 나가려다가
머리로 거울을 부수어버렸다는
이야기를 들었지요

흔히 역사는 거울이라고 이르신
옛 어른들의 말씀도 기억하고 있지만
과연 그것이야 그럴지라도
실상인즉 거울은 우연이었어요

언제나 고요한 심연
그 중심으로 들린 나의 실체라고
일상 그렇게 생각하는 것

그러나 거울은 거울일 뿐
역사도
진리도
나의 실체도 아니지요

우리들은 수수 천억겁의 거울과
그들의 너무나도 눈부신 허상 때문에
일천 강에 일천 달
그 거룩한 마음으로
둥둥둥 허공중천에 떠돌아다니는
떠돌이 신세의 중음신이다가

오늘날 이 지경에 이르고서야
하늘도 땅도 모조리 거울 속으로
거울과 함께 기울어 깨어져버리는
역사의 필연인 것을
아 개벽인 것을
거울은 거울 자신이 말하고
나는 비로소 거울 밖으로 나섰지요

오천년도 오만년도
사자 아가리 같은 세월
우리들이야 더 잘 알고 있지 않은가요

저 얼빠진
뿌리 없는 거울보다도
역사보다도 말이지요

27

보아라
이 사람을 보아라

눈물을 닦고
눈썹을 땅에 떨어뜨리고 보려 하지만
보이지 않는 이 사람

행여나 아슬한 지평
어느 들길
어느 호젓한 오솔길
그리고 영머리
구름
구름 밖에도
아 대명천지 !
이 한낮 눈부신 거리에도
정작 옷자락을 날리며
휘영청이 떠나버린 이 사람

저렇듯 현현한 광겁의 언덕을

넘어서서
오늘 아침 나의 방문을 두드리며
흰 벽에 걸린 거울 속으로
짐짓 기웃거리다가
문득 나의 눈빛과 마주쳐버린
날개짓

그러나
엄청난 사자 울음의 금빛 메아리가
서릿발치는 한 벌

저 무수한 머리통들이 깨어진 채
나뒹굴어져
유혈이 낭자한 이 마당

지금
여기 이 사람은 어디 있는가

금강비로자나——그 정수리를
밟고 돌아오라

갈대꽃 깊은 숲속
달은 둥글고 둥글어라

28

우리 할아버지께서
짐짓 큰갓 쓰시고
도포를 입으신 날은
천지도수가 엇갈려 가고——

조선 유민이여
왜놈들의 세상 삼십육년의 질곡을
어쩌다 수구하는 사람으로
죽지도 살지도 못하고
어쩔 수 없이 부지나 하셨느니라

늙으신 말년에
젊은 아들들을 앞에 보내고
이렇듯이 모진 목숨
수없이 좌절하고 절망하는 때에도
기구절창할 팔자들과 함께 어울려
그 거세고 억울한 통곡 한번
시원히 터뜨려보지도 못하시고
다만 '뜻이 있는 자 마침내 이룬다——'

염념불망 간에 새겨라
그리고 끝끝내 조용하시고
많은 할 말은 으레 하지 않으시어

그 당시에사 간간이 찾아주던
간재문인이니
송사문인이니
또 무슨 문인이니 하는
큰 갓쟁이 친구들마저
가을바람에 낙엽이 지듯
시나브로 다 가버리니

지금 나라 동맥이
어디메에 뛰놀고 있느냐
이 땅의 일월성신이
그 누구 가슴 속에 빛나고 있느냐
그러나 그게 할아버지에게
울먹이는 한으로는 남지 아니하고

이 엄청난 괴리와 절명의 땅에
다만 한가지 올바른 천지기운 하나
돌아오기만을 기다릴 따름이니라

29

이 세상 온갖 불행
수없는 역류에서도
하늘을 탓하지 않지요

돌로 머리를 짓누르는 억울 속에서도
행여나 누구 한번 원망하지 않고
절망하지 않지요

타고난 가난
가난한 목숨
타고난 대로
원래에 없는 것
없는 대로 사는
풍신네들이지요

마음 하나 편안히 잘 먹고
두려운 죄나 짓지 아니하고
한세상 없는 듯이 살아가는 것들
제발 본체만체 내버려나 두어요

아무리 사람이 사람답질 못하고
매양 풀잎처럼 쓰러진 채
살아도
세상사 부끄러운 체면도
부끄럽지 않은 체면도 잊고
또 무슨 시대의 양심이여 정의여
떠들지만 그런 것도 모르지요

우리 풍신네들은 언제부터인가
짐짓 귀가 멀었지요

밝고 밝은 머리
풀머리에
밝고 밝은 해와 달이
귀가 멀었지요

30

그 누구는 이 가을에 지는
추풍낙엽 신세라던가요

또 그 누구는
과연 이 가을 소슬한 금풍에
알차게 여문 열매의 주인이라던가요

누가 압니까

이것은 이미 하늘의 뜻이거나
인과의 이치거나
그 무엇이 어떻거나 간에
아직 그 자취는 보이지 않고

서늘한 바람 속
노을 끝에 목마는 쉬어 있고

그런들 또 누가 압니까

이렇듯 아직 그 어눌한 발걸음은
실은 햇머리다 말머리다
혹은 저 어리석은 돌머리다 하는
천지 우주 밖에서
고요한 첫 새벽 천한 물을 출렁이며
그 어디에서나
지금 눈부시게 출발하였다는 소식이지요

그러니 나의 부질없는 생각들 말고도
무엇을 항상 저만이 바라는
엉뚱한 풍신네 고독들도 그렇지요

그러면 그렇지요

미륵산에 내리는 낙엽은
미륵산이 되고

신룡벌 내리는 낙엽은
신룡벌 되지요

지고 새는 가을
푸른 장승 드높은
가을 하늘이지요

31

그대들은
이른바 그 악명 높은
세상 속 왜적을
우선 사람 같은 사람으로 돌리는 일이다

그게 어디 쉬운 일이던가
하지만 사랑도 살아보고
원수도 살아보고
교활한 동물인간
그러한 짐승으로도 살아보고
혹은 요즈음에는 원자인간
해골 탈바가지 귀신으로도 살아보고

그네들의 그 전가의 보도라는
살인검 하나로
이 세상 온갖 막된 짓이란 막된 짓
끝까지 독차지하여 살아보고

그와같이 살아온 조상의 음덕

겨레의 음덕으로
더욱 오늘날까지 세계 제일등으로
잘 살고 있으니
천번 만번 소원성취
그러고도 이제 그네들이야
더더욱 잘 살아야 할 일이 무엇이겠는가

어느 선지자의 말씀
그네들에게는 가령 나라를 주고
세계를 주는 한이 있을지라도
어질 인(仁)자와
살릴 생(生)자는 주지 않았느니라고

이제 서릿발 치는 가을
그 마지막 선천 하늘 아래에
낙엽은 낙엽으로
열매는 열매로
금풍은 금풍으로
대지는 대지로
하늘은 하늘로서 제 할 일을 다하고
제 명대로 다 살고
홀연히들 떠나느니라고

돌리는 일이야 응당 함께하는 제 일 우리 일이지만
그네들이 타고난 그 극성맞은 상극의 기운도

상극으로 다하는 날
천지도 돌고돌아서
천지가 바뀌는 신명나는 이 판국인데

어차피 누만년 동안 쌓이고 쌓여온
그 역사의 쓰레기들은
남음없이 마무리를 하여야 하고
이 쓰레기 천지가 온통 잘 썩어서
사람이 되기까지에는
세월이 되기까지에는
다시 하늘이 되고 땅이 되고
마음이 되고
시방세계 일체생령 휘감아들이는
개벽의 햇무리 되기까지에는

차령산맥 깊은 낭떠러지
귀촉도 울음이사
한창 대낮이다

32

이렇게 푸른 숲길에 들어서
뻐꾸기 울음이 한창 잦아진
이 한낮의 숲길을 걸으면서도
나의 마음은 안돈할 줄을 모르네

이미 헤아릴 수 없이
억울하게 죽어간 자들과
못 죽어서 억울하게 살아가는 자들과
쳐죽이고 찢어죽이고
통채로 잡아먹고 살아가는 자들과
더럽고 비굴하게
그렇게라도 못 살아 살아가는 자들과
이러지도 저러지도 못하여
죽는 것도 사는 것도 아닌 자들과
산 채로 죽어 있고
죽은 채로 살아가는 자들과
그 죽임을 죽이고
그 죽임을 죽이지 못한 채
살아가는 자들과

깊은 골짜기
깊은 골짜기를 넘어오는
바람소리
바람소리
이제는 허허공중의 중음신
그 언제 그 어디에서나
어쩔 수 없이 바람이 되고
하늘이 되어버린
어리석은 바람소리뿐

정작 오래간만에 나는 누구인가
나의 마음은 누구의 마음이기에
오죽하면 불여귀 붉은 넋으로
설레는가

차라리 침묵은
보이지 않는 불길로 타오르고
이 무서운
흰 정석의 날갯죽지들이
서서히 무너지는 소리라네

33

누가 이 세상에서 갖고 누린다는 것이
다 무엇이지요
감히 바라는 것인들 무엇이지요

이것은 정녕 죽어서도 살아서도
어쩔 수가 없는 노릇이지요

허공을 쏘아 날려버린 화살촉이지요

이제 어느 하늘도
인간도 시절도 고향도
모조리 다 상실한 채 서서

무시광겁 —— 응답이 없는 응답으로
우리네 가슴 열어주신 한떨기 불씨
한떨기의 침묵으로나
그 말씀으로나 살아야겠지요

구름 밖에서 들려오는 풀피리인 듯

아득히 미륵님 붉은 눈썹 하나이
제 발등에 떨어지고 있지요

34

할머니를 모신 영안실에는
진종일 누구 하나
찾는 이도 없이
쓸쓸하였다지
조용하였다지

그저 말을 하자니까
불의의 교통사고지
세계 제일 이 나라 교통지옥이지

찌는 여름 팔월의 태양이 저지른
빌딩숲 앞 네거리──어쩌고들 하는
하필이면 재수없이
백주에 일어난 살인사건이라나

칠십을 넘기고 팔십을 살아도
이 원수놈의 목숨이 질긴 목숨이라
산 목숨이라 어찌할 수 없어서
허구한 날 들에 나가 쑥이나 뜯어다가

못 죽어 사는 목숨 연명해왔다는
이 할머니 따라지신세
따라지신세도 못 되는 따라지신세라지

차라리 잘되었지 어떻게 죽거나
죽어야지 암 죽어야지 이왕에 죽을 것
죽어서나 평안해야지
평생 저주 입버릇처럼

그런데 그날 늦새벽에사
난데없이
참 도둑같이
기적같이 기어든
혈육 외아들 효자 아들

이 할머니의 지긋지긋한 애물단지라는
따라지 효자 나타나자 죽음보다도
그 무슨 얼어죽을 눈물보다도
원죄보다도 막강한 살인보험지불증서와
장례라는 요식행위 그런대로 치러지고

언제 죽었던가 살았던가
죽였던가 말았던가 그까짓 천한 목숨
있거나 없거나 어쨌거나
그렇고 그런 목숨 하나

혼전만전한 돈 몇 백
있으나마나한 돈 몇 백 던져줘버리고
그러면 그뿐이라지

하잘것도 없다지

세상천지 가난하고 귀찮은 에미
진즉 내동댕이쳐버린
살아서나 죽어서나 비명에 가서까지
불쌍한 이 에미를 둔 덕분이 아니라
실은 이게 어디여
감지덕지지 뭐여
죽어서도 못 만져볼 횡재지 뭐여
이게 다 베풀어주시는 대로 덕분이라지

이제는 죽어서 뼈다귀라도
귀신이라도 할머니 !
제발 해탈하셔야지
개벽하셔야지 하고
빌었다지

35

세종문화회관 전시실에서
피카소 그림을 보고 난
갓쟁이 노인네의 감상은
어떤 것일까요

약간은 어지러웠고
약간은 대범스런 것 같았지요

그런데도
그 바위와 같은
만고의 무표정
무관사였지요

도대체 이 갓쟁이 노인네와
피카소의 초현실이
무엇 때문에 이 땅에서
마음도 없이 만나게 되는
우연이던가요

한마디로
우리네 까막눈으로는
생판 낮도깨비란 말이지요

허기사 이들의 나이 벌써 팔구십을 넘고
세월이 흐를 만큼 흐르고
그간 이 세상도 변할 만큼 변하고

그놈의 고집인지
이놈의 고집인지
이제 어차피 한세상 어지간히 살고 나도
돌아가는 속이야 매양 그 속이
그 속이라 하지만

그런 철저한 이분법
그런 철저한 분별지 말이지요

36

먼저 가신
당신네들 선령에게
저희가 바라는 것은

또 당신네들이
저희 산 사람에게
바라는 것은

누가
누구에게 바라거나 말거나 간에
죽으나 사나 간에
그것은 무덤이 아닌 죽음
죽음도 없는 평화
평화도 아닌
그러한 삶이지요

그러니 무덤인들
단절된 죽음으로만 있는
저 외딴 토롱일 수가 없지요

이미 죽음 그대로가 그대로
경건한 삶이지요 죽음이지요
무덤을 떠난 지극한 평화지요

죽음도
삶도 이내 길을 떠나버리고
여기 우리네 무덤들은
빈 하늘이지요
이름없는 영원한 흙
그 어디에서나 흙이지요
산모퉁이 호젓이 흐르는
흰 구름 세월이지요

37

백두산에서 돌아오는 길 ——
연길 교외
한적한 초대소로
우리 일행을 맞아주신
조선 아주머니

조선 큰집 대청마루에
조선 간장 냄새
조선 된장 냄새
푸짐하고 신선한
조선 음식
없는 것이 없이
고루고루 다 갖춘
진수성찬

"별반 차린 건 없지만
허물하지 마시고
여기가 고향이라 생각하시고
거저 마음 편하게서리

맛있게 드시라요"

세차게 향기로운
기골의 이 여장부는
무쇠바람 함경도 태생이라 하고

이제 어느덧
조선을 떠나 있어도
세계의 조국
세계의 자랑으로만 솟아 있는
그 우람한 진실을 만났지

그 통일의 기다림도
그리움도 깊은 한도
불현듯 뜨거운 마음
뜨거운 악수를 나누었지

38

용문교 아래
흐르는 것은
흰 구름도
이국의 나그네 그 긴 그림자도
스산한 바람소리
해란강 물소리
저 칠월 낮달
까마득히 잊혀져가는
세월의 발자취도 아니었네

왕년에는
조선백성들의
조선아낙네가
피뭉치 살뭉치
흙뭉치 바람뭉치를 이고 와
만경창파에 마음껏 풀어젖히고
수없이 빨아대고
헹궈내고 한들
본디 무명베 찌들어 감긴

눈알 부릅뜬
넋이야
어찌 제 백골보다 더 희겠는가 말이네

그뿐만이 아니네
이제는 그 슬픔
그 한만이 아니네
우리가 다 이렇듯이 한가지로
바람이 되고
흙이 되고
하늘이 되어버린 채
질기고 질긴 목숨
누리로 뻗어
소리없이 억새풀 뻗어나가고 있으니
비암산 용주사
일송정
거기 말 달리던 선구자
혁명은 결코 낭만이 아니었네

39

만천하에 드러내놓고
자랑할 만한 것이
그리도 구차하였던지

구천구백구십구간
자금성 대궐이
우리 서산스님 말씀마따나
만국도성이 개미둑이요
천가호걸이 술단지에 생기는
초파리떼라

태화전이니
건청전이니 하는
또 무슨 무슨 궁전이니 하는 것들
무슨 허수아비 황제폐하다
무슨 꼭두각시 황후폐하다
그 물량나게
그 불쌍하게 생긴 것들

이제는 어느 티끌 바람
어느 세월에도
어느 한줄 떳떳한 곡절의 장으로도
머물 수 없는——

실상 알고 보면
이 천하 만민 백성들과는
사뭇 무관한 노릇인지라

그들이 수용하고 살았다는
고궁박물관
만고 호화판 가구 등
무려 일만점이 넘는다는
찬란하고 우아한 보물
수장품 따위
역사의 쓰레기 따위

도대체 이게 무슨 놈의 장관이라고
이 무더운 칠월염천에 쓰러지다니

40

여기가 어디던가
진시황제 천하 아니던가

팔달령(八達嶺) 넘어오는 바람
소용돌이치는 황사 바람

아직도 진시황제의 세월이
그렇게 살아있다던가

동쪽 산해관(山海關)으로부터
서쪽 가욕관(嘉峪關)
내몽고 쪽 장장 6,000킬로의 거리
중원천지 십이억 해골 뼈다귀로 쌓은
만리장성!

이와 함께 무심한 풀꽃 길이야
일만리 이어졌어도
이게 무슨 길이라던가

여기 이 진시황제의 부활
만고의 허무주의 살아있다던가

41

흰나비
노랑나비
흰빛
노랑빛 시새우는
고개 언덕 마루

모두모두
순수한 태초의 눈빛으로
들 난초
냉이 쑥
산수유
개나리랑——
그런대로 피어나고
자라나지만

돌고래 바람
썩바위* 바람
황토 흙탕 갯벌 바람
그 바람도 아닌

무언지 알 수 없는
으시시 추운 바람

그 바람
사나운 바람에 실려
끈끈하게 찌들어버린 채

우리네 하늘 땅
태초는
그렇게 허옇게
노랗게 뻗어 있었네

나는 어쩔 수 없이
선천의 온갖 어둔 그림자가
물구나무서버린
대낮
꿈자리에
또 무언지 알 수 없는
눈부신 바람으로나 와서
서성거리네

* 바위의 경상도 방언

42

가사 그렇다 하자

가사 무시 이래
일체생령 억조 무량 모가지를
일시에 다 베어간다 하여도

또 모든 살아있는 것들이라기보다는
이내 태어나기 이전의 것들까지
행여 모기소리만큼이라도 못 살아나게
모조리 모조리
그 뿌리를 뽑아버린다 하여

선천시대 그 잘난 영웅들
그 극악무도한 패도 제국주의자들도
내 이것만은
내 눈썹 같은 달빛 그늘이 지는
이것만은

칼날 위를 걸으라면 걷고

대도(大道)를 이르라면
대도를 이르고

너희의 애인
생명 우주도 포기하라면
다 포기하는
진실로 그런 것이 아니라
진실로 이것만은 어찌할 수 없다던가

죽이지도 살리지도 못하는
이것만은
이 사실만은
가사 ── 이 천지를 내주는 한이 있더라도
정작 그 아무데도 없는
이 씨알머리 하나
정녕 이것만은 어찌할 수가 없다던가

43

나는 당신을 사랑한다고
도무지 그런 시시한 소리
신파조 같은 소리
누가 가령 절차상 묻는다 할지라도
햇빛 속에 드러난 알몸인 양
말하자면
그게 얼마나 부끄러운 알몸이겠어요

차라리 고뇌의 껍질을 벗지 말고
그 껍질로 삼가 소중히 감추고
사랑할 수도 없는 사랑과
그 사랑을 걱정하며 벗어버리지 못하는
고뇌와 그 고뇌만을 사랑하는
사랑과 지금은 여기가 어느 혼돈의
늪인 줄이나 아나요

어느 태양도
어느 세월도
어느 사랑도 고뇌도 절차도

추상도 허구도
이 시대의 말씀도

껍질도 허물도──허물을 벗고
그 실체라고 하는 작자도
한꺼번에 날려버리는 마당인데

하물며 박제된 진실
하물며 박제된 사랑
하물며 박제된 눈물만을 사랑하는

다만 그것을 사랑할 수 없는
고뇌만을 사랑하나요

44

무명베 흰 두루마기
검정 고무신
그리고 휘휘로운 거동과
섭리로
당신은 항상 종요로이 새인
신새벽이지요
이 시대의 새벽이지요

대지 허공 흙을 밟고
고향으로 돌아와
대지 허공 흙으로 살아온 지가
과연 무시이래라 하거니와
어느 거인의 목소리로도
어느 메시아 예언자의 외침으로도
당신은 여기에 내려오신 것이 아니지요

당신은 그냥 이 벌판
한복판이지요
억새풀 우거질 대로 우거져버린

이 벌판 한복판이
그대로 개벽판이라

민초 억새풀 어우러진 마당
저절로 어우러진 채
영원히 영원히 어우러진 채
당신은 개벽판으로
신새벽으로
신새벽 별
참으로 알 수 없는 서늘한 바람이지요

45

인당수
감당 못할 한을 품고 흐르는
인당수
붉은 피로 흐르는
인당수
물 위에 뜬 복사꽃 묘연히 흘러가는
인당수
가도 가도
갈수록 시퍼런 물결
용궁으로 잇닿은 초절의 목숨
인당수
인당수가 진실로 인당수이기까지에는
백천만겁 넘어서는 죽음으로
무시무종 온갖 사연 싣고 흘러가는
짙푸른 물결
그러나 이 천지 이대로 무명인데
저승강 인당수여
심봉사 심학규여
우리 불쌍한 딸 심청이 아가씨여

이 불쌍한 어린것 하나 목숨 가지고
제멋대로 난도질하는
세상만사 한결같이 무도함이야
더구나 부처님 팔아 더럽고 더러운
공양미 삼백석이야
이 갯바닥 뱃놈들 신세
이승이고 저승이고
용왕이니 임금이니 하는
강도질 속셈이야
오직 일월성신이 두려울 뿐
어찌 감히 요량 못할 황공이야
이 어린것 붉은 치마폭으로
차마 못하는 얼굴 가리운 채로
인당수 풍덩 뛰어드는
이러한 기가 막히는 살인행위야
그러나 저러나 오늘날의 대명천지에도
천만배 만만배나 더하는
문명의 살인행위야
용왕궁 임금 황후 하는 허상
멀쩡한 딸자식 강탈당한 줄 모르고
강탈당한 딸년의 지긋지긋한
효행으로
선경세계 태평성대 연꽃으로 떠올라
그 허황한 덕화로 떠올라
제 애비 심봉사 심학규여

떼봉사여
그래 그 봉사 눈은 떠서 무엇 하는가
그까짓 봉사 눈은 떠서 무엇 하는가
이 세상 천지가 눈을 뜨고도 볼 수 없는
장님 소경인데
효녀 심청이 딸년으로
그리고 이 세상 천지신명의 신명으로
무량겁의 눈빛들이
온통 우리들 눈이 아니겠는가
지금도 그 북소리 북소리
그 슬픈 북소리로 달리는
인당수
아무리
아무리 허구 가공의 졸작일지라도
그렇지 않은가

46

독사의 어금니에
때로는 화사한 웃음을 머금은들
그대 오욕에 찌든 방안이
그 언제나 밝아오는가

구릿빛 돋는 쟁쟁한 목소리들
진정 저만이 옳고 깨끗하고
또 다른이는 그르고 더럽다 침뱉고
기를 쓰며 울부짖은들
매캐하고 지저분한 응달 골목이
그 언제나 밝아오는가

거짓말과 욕지거리와
그리고 불륜의 아이를
서슴없이 몇씩이나 업고 버리고 배고도
그런대로 인권은 생활은 보장되고
언제나 돈만 있으면 비뚤어진 마음씨사
얼마든지 자유롭고 떳떳하겠지

돈이사 무슨 종교보다도
더더구나 생명보다도
그러나 이것은 그 누가 버리고 간
누구의 행복인가

진한 목숨으로도
살아갈 수 없는
그 누가 이렇게 함부로 내쳐버린
쓰레기통인가

47

오솔길에
창창한 하늘이 열리고

산에 들어
정작 나야 있는 듯이 없는 듯이
산에 묻힌 채
산길을 돌고 돌아서
산정에 오르느니

다시 우러러보면
머리 위 봉우리마다
출렁이는 가을 햇빛 속에
푸른 하늘
푸른 하늘 숨결이 무수히 태어나고

눈부신 바위 마당
이내 으스름 돌길은
차고
희어

우리네 가난한 오솔길은 억조무량수
바람에 싸이고 별에 싸이고
밤에 싸이고
아득한 구름에 싸인 채
마침내는 무시광겁으로
허허공공 태허공으로 실실이 이어진
발자국 소리

끊임없이 돌고 돌아오는
발자국 소리는
하늘 밖으로 트인 한줄기 오솔길
그 역력한 오솔길이
지금 흰 날의 우리 가슴속에
소리없이 태어나는 것을 본다

48

평화의 씨앗
하나 담아
우리집으로
등불 하나 왔네

늬사
늬사
어디서 왔누

가난한 우리집은
온통 기쁨으로 어우러지고

새 생명은 기쁨이니
평화이니
생명이니
기쁨이니

늬 동방에 기린 향기이니
'진형(震馨)'이라

이름하여 주고

삼가
조촐한 마음
가득히
평화의 씨앗
하나
희한한 등불 바라보네

49

서영등이 가는 길
들 길
흰 길

여러니
여러니 한창 피어 있는
코스모스랑

흰 구름도 흐르네

이 만가을 들판
고추잠자리나 하고

건듯 불어오는
금풍 자락자락이

누가 아는가

코스모스와

흰 구름이
먼 듯 가까운 듯 어우러지는
수작을

흔적도 없이 흐르는
그림자를

그것을 지켜보는
반나절
우연 속의 우연을

흰 구름씨
코스모스양이여

그래 이것들이
무슨 수작을 하나
무슨 말
무슨 소리를 하나

여러니
여러니 소근거리다가
조잘대다가
히히덕거리다가

문득 흰 구름은 코스모스를 안고

코스모스는 흰 구름을 안고

이제 서리 찬 지평을 넘어서

달빛 찬 하늘길을 넘어서

여기 서영등이 가는 길
흰 길
흰 길 열반이었네

50

억만년 하루같이
꽃으로나 살다니요

불덩이 이글이글 이글거리는
불멸의 넋으로나 살다니요

장엄한 하늘
외로이 높은 알몸
그 아름다움으로나 살다니요

제 심장의 피를 온통 다 쏟아주어버리고
오히려 온누리 꽉 찬
그 원시인 듯한
씨알머리 하나로도
우리네 해바라기는
둥근 해의 한복판입니다

사람에서 사람 밖으로도
짐승에서 짐승 밖으로도

이제는 더 갈데 없이 쫓겨온
세월이지만

삶은 죽음으로
죽음은 삶으로
돌고 돌아 살아가는
이 지극한 변두리

그러나 우리네 기구한 씨알머리들은
그 언제 그 어디에서나
끊임없이 살아나는 씨알머리들
바로 그 진리의 중심입니다

51

나는 여기 와서
지금
내 마음의 고향 같은
정도리 앞바다에서
무엇인가

나는 문득 돌이 되기도 하고
물이 되기도 하고
스스로 바람이 되기도 하고

이 소리없는 침묵의 아우성과
이 수많은 돌의 아픔
이 창망한 바다의 외로움
이 바람은 무엇인가

그리고 원시로 되돌아오는
깃발 깃발의 그림자
태초의 그 눈빛
태초의 그 새벽 빛이었다가

나는 누구인가
너는 누구인가
돌이 태어나기 이전에
돌은 누구인가
물이 태어나기 이전에
그는 누구인가
아 내가 태어나기 이전에
나는 누구인가

지금 바람은 해를 먹은 불기둥으로
바다에 섰네

52

나는 지금
여기에서 태초의 과일이
떨어지는 소리를 들었네
아름다운 꿈을 꾸는 자들과
금무늬 노랑 벌떼들도 나와 함께 있었네

나는 무언가 소리없이 외쳤네

"어느덧 당신은 당신의 꽃 속으로
우리들의 온갖 것을
모조리 융섭(融攝)하여버렸습니다
그래 우리들에게 남은 것이라고는
정말 아무것도 없답니다
부디 이 과일의 아름답고 충만한 마음을
우리들의 가슴에 충만하게 하시고
삼가 빛으로 울리게 하여 주십시오"

이 과수원에서는
모두가 다 과일 —— 과일빛
과일의 얼굴 과일의 향기였네

53

공휴일 오후의 지루한 시간을
혼자 집안에 꾹 눌러 있기가
좀은 어색하고 무료하기도 하여
이 노릇을 어떻게 하나
집문을 나서 서성거리다가
어느덧 발길 닿은 곳이
주현동 호운선생댁이었다네
....
아 그래요
잘 왔어요!
호운선생은 그처럼 궁거롭고
무언가 안되었던지
몇 번이고 잘 왔노라고
반겨 맞아주셨네
....
벌써 뜰에는
오월의 싱그러운 햇살이 내리고
백작약 영산홍이
이 집 '곤운청거(壺雲淸居)'의 향기를 내뿜으며

구름은 구름끼리 흘러간 다음
문득 꽃과 벌의 절창을 들었네
"벌이 꽃 속에서 꿀을 물고 나온다
꽃은 주면서도 웃고
벌은 받아가면서도 울고 있다"
………

호운선생은 여기서 차나 한잔 들고
종다리 울음을 들으러
곧장 전주에 가자 하였네
그런데 미리 전화를 걸고 떠나기로 하지
"네 네——그래요 갔지요
외지에 간 건 아니겠지요?
네 네 알겠습니다 그러지요
그러지요 네 네 기다리고 말구요"
무얼 어떻게 기다린다
실은 종다리가 우는지 어떤지는
아들이 시내에서 돌아오는 대로
노송동 수녀원 뒷동산 쪽으로 가서
귀를 기울여 들어본
다음
이리로 연락하여 주시겠다는 것
자못 석연치는 못하나 그런대로
"그렁저렁 화두(話頭)나 좀 보다가
기별이 오는 대로 떠나도록 하지!"
"그렇게 하지요!"

………

그런데
그런데 말씀이야
기대에 부푼 한 시간
두 시간
세 시간
네 시간——아니나 다를까
무시광겁이 흐른 어제에도
종다리의 소식은 영영 감감이었네
"종다리 울음을
이리로 곧 잡아오게나!"
이 우직한 일갈에
호운선생은 만면에 미소를 머금고
"종다리 숲과 함께
종다리 먼 하늘
종다리 노래는 열반이었네"

54

나무만큼이나 든든하고
아름다운 꿈 그의 말씀으로
나는 살겠네

거룩한 대지의 젖이 흐르는
가슴에 입을 꼭 대고 소리없이
한없이 뻗어나가는 푸른 나무로
나는 살겠네

진종일 무성한 생명의 길에서
눈물겨운 은혜 넘치는 팔을
들어 이제 회향하는 나무로
나는 살겠네

비가 오면 비와 같이
눈이 오면 눈과 같이
해와 같이
달과 같이 그 언제
그 어디에서나 그렇게 정답게 사는
나무로 나는 살겠네

55

앙금앙금 걸어오는
한마리의 고양이다

어디에서나 정녕 세상이 그렇다는 듯이
혼미의 자락을 드리우는
회색 무명의 베일이다

그러나 그 가운데에서만
오로지 없는 듯이
그 숨결을 세차게 가꾸는
우리의 실체들인지라

가령 달무리는 달무리들끼리
바다가 되었다가 산이 되었다가
그 몽롱한 눈망울을 흘리며
이윽고 사라지느니

돌이켜보면
그것은 정작 누구의 작태인가?

그것은 정작
우리 자신의 빛으로 섭리할 따름이다

56

만남은 기쁜 것

만남은 또 아름다운 것

너와 나는

여기 아스라한 절정에 섰네

맨발로 맨손으로

무서리빛 짙은 정령의 숨결들이

잊고 또 잊은 채 살아온 겁류

그것은 희한한 눈물이었네

영원한

영원한 그리움이었네

57

"할머니는 여전하시군요
오늘도 홀애비 아드님한테
가시는군요
어서 새장가를 드셔야지요"

요 몇달 전에 상처를 한
아들의 뒷바라지를 하기 위하여
헌 냄비며 그은 양은솥 가지를
굽은 등허리에 걸머지고 가는
팔순 노파와

동맥경화증으로 꽤 오래 고생을 하는데
마침내 이곳에 영험스런 의원이 있어
찾아간다는 삼년 전에 정년퇴직을 한
교장선생님이랑

가는 길이 오는 길이어……

참 산다는 것은 가지도 각색이라

되는 대로 되어가는 것도 아니어……

그러면서 금테모자를 정중히 눌러 쓴
늙은 산골 역장은 나와 차표를 받으며
일일이 인사를 건네었네

이른 아침 한나절도
쓰르라미는 청승맞게
연일 울고

언제나 신도역은
간간이 불어오는
한줄기 청량한 바람이었네

58

땅거미 으슬으슬 지는
초가을 저문 날
돌길
산자락을 타고
이제는 더 나아갈 수도 없는
절처의 봉우리
날아갈 듯
벌써 봉서사는
한줄기 청량한 바람으로
날아와 깃들어 있었네

전주 장거리를 돌아다니다가
방금 그림자도 없이
돌아와 발을 씻고
열여섯 신장들과 곡차를
들며
전주 장날 이야기로 꽃을 피우며
거구장신인 진묵스님의 기침소리라도
이 적적한 뜰에 메아리지는 듯

그러니까 그 무렵
전주 장거리에 패랭이 쓴 놈들은
다 네 할애빈 줄 알아라

벌레소리는
자욱히 우거지고
이 골 물
저 골 물
물소리만 높아가는데
이 한떨기 일렁이는 조촐한 마음
간직할 거울마저 없으니
부질없구나
구구는 원래 팔십일이니라

59

지붕 위를 치우고
천정을 쓸고

허물어져내린 낡은 사닥다리와

이제는 다 삭아서
여기저기 너절하게 나자빠진
세월의 잔해들

땅바닥을 닦아내고
이 엄청난 쓰레기를 버리고
쓰레기차를 보내고

무수한 생애의
그 솔소리 바람을 보내고

나는 문득 저 푸른 하늘을 바라본다

나는 이미 알고 있었다

이 갯벌땅
쓰레기장에서
기왓장을 갈아 거울을 만들겠다던
사나이의 어깨 위에도

서방(西方) 어느 이름없는
굴뚝새의 뒤꼭지에도

수수천억개
붉은 장미 그 뜨거운 눈빛으로
내일의 탄탄한 태양은 떠오르고 있다

60

어슬렁어슬렁 나타난 사나이

어슬렁어슬렁 기웃거리다가
돌아다니다가 더러는 아무데에나
주저앉기도 하고 또 주저앉았다가는
그만 퍼버리고 낮잠을 자기도 하고
대낮에 낮잠을 자다 일어나서는
주변머리없이 마구 하품이나 해대고
이윽고 두 팔을 벌려 크게
크게 기지개나 켜는 사나이

숨이나 쉬는지 마는지
숨소리마저 들리지 않는
이 사나이는
저절로 발꿈치로나 숨을 쉰다네

이렇듯 지독지독하게 게으른
바보사나이의 발꿈치로나 들이쉬고
내어쉬는 그 숨소리를

혹은 그윽하게 그윽하게 울려오는
그 피리소리를 분명히 지켜봤노라는
또 별다른 바보사나이를
나는 오늘 아침
문득 나의 거울 앞에서 만났네

그리고는
도대체 자네가 어찌된 일이야!
한참 동안이나 신나게 꾸짖어주었는데——

태양은 오히려 푸른 돌머리에서 떠오르고
창밖은 이내 눈부신 봄이었네

61

바람이 부는
바람 한복판은
그대로 세찬 허공입니다

실은 허공이라 할 수도 없는
허공, 바람이라 할 수도 없는
바람 한복판입니다

여기 이렇듯 절대무위의 목숨으로
황황히 머물러 있는
큰 산
큰 바위여!

오늘날은 우리들 중생
큰 슬픔
큰 원력 빛나는 길을 열어
온몸으로 흐느끼는 한낮
절명의 바람 한복판입니다

62

우리가 갈 길은
우리가 온 길이 아니다

실은 오고 갈 데 없는
절처에서야
저렇듯 온몸 만발하여
밝고 아름다울 수가 있느냐

과연 그렇다 하더라도
이윽고
너는
네가 물들인 허공
달무리를
떨쳐나오느냐

희고
붉고 하는 향기
돌머리 무심도
슬픔도

햇무리 지른
대낮 거리도
자취 없이
그냥 거기 그렇게 지고 있다

63

적적요요
요요적적
가장 완전한 발자국 소리로
이렇게 흘러내리고 있었다

화암사 낡은 산문을 들어서자
난데없이 그냥 그 얼굴이 스쳤지만
가령 그것은 어디서 이루어지고
그 언제 끝나는 노릇이 아니다

하지만
돌가시내가 모자를 쓰고
명동거리를 떠돌아다니며
춤을 춘다거나
진흙소가
서해 앞바다
진흙탕물 바다 속으로
붉은 해를 물고 잠기어버리는
장쾌한 사건들이

꿈으로 이어지고
다시 길이 되어 흘러내리는
이 절대의 현실

그도
어디 그뿐이겠는가마는

어느 시대
어느 역사의 화신
그 누구누구의 화신 하던
그 거지 쓰레기통 같은
광겁의 연월
그 하늘도 이내 허물어지고 없었다

64

벌판에 나와 보면 안다

풀여치
풀벌레
꽃다지
떡갈나무

지렁이도
거미도
개구리도

흙부스러기
돌부스러기

나는 새
속속들이 흐르는
바람결
꿈결
가득히

가득히 내리는 햇살은 깨닫는다

이렇듯
어우러진 채
함께 살아가는
큰 기쁨
이만한 큰 기쁨
이만한 큰 하늘이 어디 있는가

벌판에 나와 보면 안다

이 생명

일체는 나의 전신(全身)인 것을
나의 열반인 것을

65

삿갓 쓰고 떠나온 길이지요

세상 돌아가는 꼴
동에서나
서에서나
남에서나
북에서나
어디에서나
세상 보기 싫어
떠나온 길이지요

계림 이강에서
선물 받은
농판 삿갓
굴원(屈原)이 같은
좌절
어두운 삿갓
가벼운 삿갓
쓰고

고작해야 개미 쳇바퀴 도는
어디쯤 하여
떠나온 길이지요

그런데도
어쩌면 그렇게도
세상사
세상살이 다 그렇더라 하지요

몰라보게도 허물어지고
낮아진
미륵산
그 성산 봉우리를 스친
흰 구름
마음 한점이사
눈부셔라
눈부셔라 하지요

일체생령
일체중생
뼈와 살 녹아나고
애간장 녹아나고
살풀이
원한풀이
온 하늘이 속속들이

칼바람
해탈바람
이 한판 어우러지는
절대의 고요
적멸궁 바라보다가

그만 흙벼락
불벼락
만고에 날벼락하고나
이 삿갓
이 시대 넘어서는 개벽이지요

66

탈바가지란 탈바가지
삼천대천 탈바가지
모조리
모조리 불타고 있네

세계의 탈바가지가
중생의 탈바가지
사람의 탈바가지가
황금 사자
절대 권위 독재
세상 좋은 허울
늙은 여우
백여우 탈바가지들이
저희들끼리 부딪치고
깨어지고
피투성이 난장판 되어
그 무명 질곡
업장의 역사 한복판
불을 지른 채

모조리
모조리 불타고 있네

삼천대천 사유상하
허공
알고보면 그렇지
제 몸뚱이 하나가
삼천대천 사유상하
허공
붉은 피를 울리며
흐드러지게 피었네

67

모진 목숨들
정말 안 죽고
못 죽고 살아나서
이렇게 만나는 날이 있네 그려

그러면서 나의 손등에
닭의똥 같은 뜨거운 눈물을
마구마구 떨어뜨린 그 친구

이십년 만엔가
삼십년 만엔가
어쩌다 어쩌다 만난
고향 친구
그냥 고향 친구가

그러니까 바로 올 봄에사
두 눈을 뜬 채 헛것으로 떠돌아 다니다가
온 세상이 헛것으로 떠돌아 다니다가
쑥꾹새 울음 잦아진 뒤텃골

황토밭
흙밥 무덤 되어 묻혔노라고

거룩한 흙밥 무덤
대적멸 대열반 땅
하늘 구만리 장천 불타고 있노라고

온통 함께 허물어진 누리와
그렇게 허물어진 사나이들이
나에게 다가서며 소리없이 외쳐주었다

이제사 물이나 되고
바람이나 되고
흙이나 불이나
허공이나 되어서야
걸림이 없이
맨몸 맨살로
한몸 한살로
비비대며
만나는 날이었다

68

양에게도
살모사 독사에게도
다 같이 먹고 살 물을
주신
진리 그의 확연한 뜻을
저희들 분별지
무명
그 집단무명의 업장으로야
어떻게 헤아려보기나 합니까

양으로 태어나고
살모사 독사가 되는 것도
제 탓이자 제 일이라 하고
집단무명 업장
탐진치 삼독의 죄과라 하고

양은 양젖과
살 한점
피 한방울까지

온통으로 다 바쳐버리고도
도무지 만고에 천지가 무심판인지라

바로 그러한 가운데
그러한 판국에서
살모사 독사는 생장하고
마침내 성숙하여
극단적 이기주의 사람 모습으로
집단적 이기주의
이제 거창한 인격자의 탈바가지를
거룩하게
거룩하게 둘러쓴 채
끊고 자르고
찢고 뒤집고 파헤치고
박고 죽이고
종횡무진 온 몸 온 천지
그 소름끼치는 독기
그 살기 다 뿜어대고
마지막 소금 뿌려놓고
그리고 저 혼자나 알아듣는 저주
쫑알쫑알 쫑알거리는
아 살모사 독사 우는 무량법문
이 대낮에사 음흉하게
그렇게도 다 드러나버린
완전범죄 장치 아닙니까

자 그러니 어찌합니까

이제 그 무소불위의 완전범죄
이 시대의 살모사 독사떼들은
그의 천적으로 하여금
온통으로
산 채로 사로잡아
거기 그대로 깊고 시퍼런 황천 못
지혜의 독한 술도가니에다
그놈의 대가리와 몸뚱이
그놈의 교활한 눈망울과 혀 발톱이며
꼬리 할 것 없이
모조리 속속들이 거둬들여야 합니다

그리고 그놈이 스스로
제호삼매(醍醐三昧)로
대적광
대열반의 흰 새벽을 열 때까지
우리의 가슴
우리의 기도는
그와 함께 괴로운 밤을 새우고
죽음의 강을
수없이 넘어서야 하겠습니다

69

강가에 나와 있다
절뚝거리며
하늘을 거들떠보며
강가에 나와 있다
강은 시퍼렇게 살아
강은 시퍼렇게 죽어
흘러가고 있다
말없이 흘러가고 있다
실은 그도 강과 같이 흘러가고 있다
절뚝거리며
하늘을 거들떠보며
다시는 돌아오지 않는다
이 강이 비롯한 그 시원의 말씀이나
그가 끝나는 그 종언의 그림자도
그냥 그 자리에서 거둬들인 채
이후 두려운 바람
이 강은 그대로 청동의 바람
청동의 육신
청동의 역사로 소용돌이치는

빛나는 태양 꿈꾸며
기다리는 이
아직 강은 흘러가고 있다

70

흰 뼛속에서
불땀이 흐르는 한낮이었네
무엇보다도 나의 뼛속에서까지
땀이 흐르는 것을 주체할 수가 없었네
나는 어찌할 수 없이
나의 밑바닥을
열심히 열심히 닦고 있었네
도무지 그럴 수밖에는 없었네
오랫동안 무시로 맺혀온
천지에 어혈이 풀리고
중생의 마음도 풀려야 하기 때문이었네
오늘날 우리의 삶이란 것이 무엇인가
서로가 그윽이 붉은 심장 건네는
저마다 마지못하는 참회로
지금 이 한낮 전체가
흰 뼛속에서 흐르는
불땀일 뿐 아니라
나의 전신이 그대로 불땀이었네

71

중생의 죽은 백골은 희고
중생의 산 피는 붉도다

그대, 단칼에 목을 친
목숨은
흰 젖빛 솟구쳐
마침내 하늘에 지른
무지개로
아스라이 섰건만

그 누구라
이렇듯 모질고
막되고 두려운
선천의 이변을
우러러 눈물겨워
함께한다 하는가

아니면
누우렇게 뜬 해 돌고 돌아

누우렇게 늙은 호박
둥글둥글 함께한다 하도다

72

그러니까
이것을 구태여 이르자면 말이네

저 보조나
진묵 같은 큰 스님이 걸친
대가사
붉은 가사라 하세

그것은 한일자로 꽉 입다물어버린
천하에 엄격한 계율
천하에 두렷한 불문율이라고

그러면서도 한자락 풀어젖히면
그대로가 화엄 법화
우주 한바다로
웅얼거리는 파도소리
웅얼거리는 바람소리라네

이는 물론 한낱 비유지만

요는 어우러져서 살고 죽는
우리네 원력으로
우리네 삶 아니고는 못하네

그러니까
계율은 자유보다도 더 소중하고
자유 또한 계율보다도 더 소중하네

하지만
나 혼자 그러면 무엇 하나
너 혼자 성불 제중이면 무엇 하고
나 혼자 정토 극락이면 무엇 하고
너 혼자 불보살 성현이면 무엇 하나

이리하여
저 지나간 한 시절에는
대승통 왕통
국통 죽통 밥통 똥통의 노예종교

거지 상거지 누더기 가사장삼
화류계 삼악도 치렁치렁 떠돌아다니며
대안
대안
대안
대안

화류계 삼악도가 이내 화장법계인지라

낮이면 해와 같이
밤이면 달과 같이
웃다가 울다가 미쳐버리다가
중생 무명 빌어먹다가

대안
대안
대안은 우리네 자유의 어지러운 꿈자리였네

73

당신은 새벽이었습니다

새벽을 알리는
닭울음 우는 새벽
새벽에 일어나
판을 울리며
밝은
새벽별이 아니라
당신은 온몸으로 새벽이었습니다

그 새벽의 실체인 깨달음이었습니다

백제 당진 나루
쉬어가는 운수 토굴
목이 타는
새벽 절벽
해골바가지 해골물
일체유심조
마셔버린

새벽

하늘을 받치는 거목이라
그 거목을 찍어내리는 도끼 한자루
요석궁 요석 청상의 색신으로 몰입한 채
허물어진 채
무애춤으로 지새운
서라벌 새벽

이제는 이런 방황도
저런 질곡도
삼천대천 절망 좌절
온갖 허구의 새벽
그 새벽이란 새벽 모조리 거둬들이고

유사 이래 우리는 처음으로
우리의 손으로
우주 한복판
우리의 마음으로
통일생명 우리의 해를 여는

오로지 우리의 핏덩어리
우리의 둥두렷한 햇덩어리 되는
우리의 역사
우리의 새벽은
당신의 아름다운 꿈이었습니다

74

금산사 삼층 미륵대전이 허물어졌네
절로 절로 저절로 허물어졌네
무상한 세월 바람이 밀고 밀어
그 세월 탓이 아니라
바로 그 무상이었네
그러고 저러고 말하는 것은
도리어 부질없다네
그가 진짜 미륵판이든
가짜 관제 미륵판이든
그런 판국
그런 배경에서는
애당초에 떠났다네
미륵불의 대권화신 진표율사
진표 점찰법회
점찰선악업보경 할것없이
이렇듯 허황한 역사의 조작극
그러나 우리의 참을 복원하기까지에는
이 엄청난 만고의 허울인들
제멋대로 어찌할 수도 없듯이

이제 다시 삼천대천 시방에 꽉 찬
인천 초목국토 중생이 모조리
미륵존불 아닌가
바로 그렇다네
모악에도 내변산에도
금강산 속리산 지리산
산이란 산 도처에
미륵을 녹여버리는 미륵도량
아직도 붉은 노을 바람에
그 하잘것없는 도솔 탈바가지들
그 도금 얼굴 굳어진 자취 기대었지만
이제 다시 돌이켜보면
흙뿌리 억센 삶
저마다 어우러진 채 살아가는 뜻
스스로 먼저 깨달으며
언제나 앞을 서가고
소리없이 맨 뒤에 서주고
우리네 열린 가슴 복판 한바다
푸른 하늘 한바다 살아나
지금 여기 끊임없이 돌아오고 있다네
그림자도 없이 오고 있다네

75

작대기 지게
지게목발이나 두들기다가
격양가나 불러대다가
좌절하다가 살아가다가 하는
지게신세들

그렇건만 작대기 지게
지게목발이 태어난 것은
말하자면 태고라 천황씨 시절
누우렇게 뜬 해의 무명업장을 짊어진
지게꾼 신세가 아니라
저마다 힘상인 등짝에
청풍명월 우주를 짊어져내리는
둥두렷 장엄한 사명인지라
이리하여 태고 이래
작대기 지게목발에
대대로 줄줄이 퍼내지르는
오만 궁상맞은
미륵짝 같은 자식새끼들이사

그렇지 그렇고말고 !
그야 어쩔 수 없지
작대기 지게목발
그 한복판 무너지는
태평연월 우쭐거리며 무너지는
격양가
그 절망의 노래
그 희망의 노래일 수밖에 없는
개벽팔자
개벽팔자라 하지 않던가

76

갈기갈기 찢어진
중생
목숨

구구절절
그 절망
그 좌절
능지처참의 하늘이사

그 절통한 몸뚱이들
몸부림으로 이어진 역사가
그 원한의 역사가
수수만만년 헤아릴 수 없는
세월이라 하는데
이제 어느 하늘의 하늘인들
역사의 역사인들
이 엄청난 한풀이 소용돌이를
언제 씻은 듯이
속속들이 풀어주는가 하지만

실은
우리가 한결같이
푸른 하늘
푸른 돌머리 되어
푸른 하늘 내가 여기 있노라고
출렁이는 푸른 돌머리들
우뚝 우뚝 푸른 돌머리들
눈부시게 쏟아지는 대낮이다

77

우리들의 가슴은
지금 절실하도다

우리들의 가슴은
모조리
속속들이 타들어가
불바다 되고
불바다를 넘어
아주 절실하도다

우주에 닿은 핏줄깨나 세찬 가슴
천백천만억 가슴이란 가슴
가슴 피바다
남음없이 불태워버리고

이제 우리에게는
우리네 뒤텃골
으슥한 골짝만한 가슴도
붉은 다랭이 꼬리치는 햇살도

무서운 침묵 도사린 연못으로
길이길이 침몰하여버린 것

우리들을 살려주시는 이
우리들을 죽여주시는 이
우리들의 가슴
우리들의 구원
그 구원의 불바다
아우성치는 피바다는
길이길이 침몰하여버린 채

우리들의 가슴은
지금 절실하도다

78

오만년 세월이
줄줄이 줄줄이 한으로만
붉은 한으로만 이어지다니
무슨놈의 한이
이리도 길고 길었더란 말인가

우리네 중생 목숨 질기고 질기어
억새풀 뿌리 뻗고 뻗치어
하늘 땅 모조리 합하여
이 세상 한세상을 조판하고도
더욱 더욱 푸르고 푸른 우리네 세상인데

가사 열두번 골백번을 죽고 죽어
다시 열두번 골백번 살아나느니
나고 죽고
죽고 나는 일들이
덧없이 오가는 나그네라 하지만

간다 간다 나는 간다
우리네 인생살이

사람이 살면 몇백년이나 살더란 말이냐
육자배기 한가락
걸걸한 목청 뽑아올려
슬픔이 아니라
한이 아니라
마지막이 아니라
닭의똥 같은 뜨거운 눈물 한방울 떨어뜨린 채
쥐뿔만한 목숨
기구절창할 목숨 스스로 거둬들이고
이대로 우리네 삶이야
족하고도 족족한 것이라

암 그렇지 !
전라도 토배기 땅
토종양반 통뼈양반
천하만국양반 어디다 내세워도
이 만고에 촌양반 하나 자랑
부러울 게 있을라구

그러니께 고로코롬 잘 죽어뿌렸대요
당신 소원대로 잡아둔 땅
꼭꼭 파묻어뿌릴라요

같이 못 간 할망구
터질목 황토 흰히 둘러보았다

79

이제 와서는
무슨 운명이다
팔자소관이다 그러기 전에
혹은 자학이기 전에
사람이기 전에 말이다

그 하잘것없는
불쌍한 여인
죄많은 여인
도무지 가망이 없는
좌절의 눈망울 간장 오장육부 할 것 없이
온 몸뚱이
송두리째
의과대학 지하 실험실에
생체공양 하고

바람이사
한줄기 청량한
무소유의 바람이사

한줌 푸른 무덤으로도 남지 아니하고

그리고
여기에서 더는 생각할 수도
후회할 수도 없는 노릇이지만
살아생전 한평생에
그의 맨몸뚱이
색신덩어리를 탐하는 놈 많아
뭇놈들에게 되는 대로 다 바쳐버리고
다 빨려버리고
다 짓밟혀버리고
그러다 보니
이렇게 저렇게 생긴 자식들은 고사하고
벌써 쉰이 넘어서까지
만신창이가 되어버리고
간암에다 교통사고다 하여
인생도
천지도
세상도
이렇듯 막바지로 허물어졌으니

이 영안실
어느 중음신으로
망연히 떠 있는
한점 영가사

이것도 인생이라고
이것도 나라라고
형제라고
세상이라고
행여나 그 허울 양심 갈등 원한
잠시라도 어느 가지 끝엔들 머무를 것인가

덧없어라
덧없어라고만 흐느끼다가
이내 흔적없이 떠나고야 말았던가

80

오매 우리 집사님이
여그 웬일이시다요
여그 쪼께 앉으시지라우

장마니
가뭄이니
또 무슨 말세니
휴거니 하여
덜커덩거리는 낡은 버스 안일망정
아직도 이만한 세상 인심 하나는
일품이지요

뿐만이 아니라
어쩔 수 없이 오지도 가지도 못하는
세월이랑
무지렁이 촌 여편네들끼리라도
서로가 그나마 암 그렇고 말고요
집사니 권사니
쥐불알만한

코딱지만한 위신이라도
꼬투리라도 되어야
살아간다고 하지요

81

아흔을 넘어서고도
아직은 한창인 이 나이
살아온 지난날들
질곡의 세월일지라도 아깝지 않네
한세상 흙에 바쳐주고
세상살이에 다 바쳐주고
자식들을 위하여
하늘 마음씨
한 마음씨랑
선령줄 위하여
질긴 목숨
억새풀 질긴 뿌리이니
살아오고 살아가는 수레바퀴야
삶의 이 저 역사야 한일 리 없네
억울하고 아까울 리 없네
그래 쉰이 넘은 정녀 막내딸이
흙 안 밟고
영주권 얻어 미국이민 떠난다 해도
하나도 섭섭하고 두려울 게 없네

서양 양키교화 중생제도 잘하고
부디 어머니 생각하고
부디 어머니 마음
어머니 당부 새기며 잘 살아야지 !
대장부 하늘을 찌를 뜻이 있으니
여래가 간 길이라 네가 가지 말지라
어머니 말씀
이 시대의 어머니
다시는 더 들을 수 없는 어머니 말씀
이 세상 맨 뒤에
넉넉하게 살아오시며
이 법이 어느 법이라고
마지막까지 들려주시는 진리 —— 이 말씀
깨달아야 하네
떠나야 하네
끊임없이 떠나야 하네

82

모악산은 어머니였네

어머니 가슴
어머니 품안이었네

이 세상 수많은 자식들
그 누구라 할 것 없이
생명의 뿌리 얽힌
붉은 피 흐르는
목숨판——

산새도
흰 구름도
바람도
물소리도
온갖 무심적적 해그림자도
광겁의 일월성신
그 혁혁한 침묵의 둘레
휘둘러 감싸는

사랑

이제는 여기 티끌 같은
저마다 그 사랑 바라보는 것
저마다 이 세상 승리자가 아니라
우리가 한결같이
우리 뼈에 사무치어 흐느끼어
우리 어머니 가슴
우리 어머니 품안
우리의 목숨판으로 일깨워야 하네

우리의 목숨판으로 돌아와야 하네

83

생각하여 보아라
생각하여 보아라
알뜰히
알뜰히
생각하여 보아라

구름밭
구름머리
구름자락 펼치고
앉거나
눕거나
서거나——

그제나
이제나 떠돌이 별 으스름한 혼백
낡아빠진 가죽주머니 육신들도
벗어던져버리고

억만광겁을 지켜온
그 허울

그 침묵의 날개
여기 그대로 떨쳐버리고

생각하여 보아라
생각하여 보아라
알뜰히
알뜰히
생각하여 보아라

어디에 있거나
어디에서 무엇을 하고
어떻게 살아왔거나
지금은 무엇이 되었거나——

우리는 이렇듯 말이다
우리의 무위와 더불어
그 무위의 그림자까지

우리는 한결같이 우리의 세상
우리는 한결같이 우리의 역사
우리는 한결같이 우리의 절망
그 헤아릴 수 없는 좌절도 넘어서버린
짙푸른 혼돈의 심연으로
이제 우리는 한결같이
우리의 거울일 수밖에 없다

84

이게 무슨 소리입니까
소리 아닌 소리지요
이름 모를 고독
그 절대고독
이름 모를 새소리가
연일 한결같이
용화산 꼭두새벽 마루에
어쩌면 그렇게 역력하게도
딱딱딱딱 딱딱딱딱
딱딱딱딱 딱딱딱딱
큰 산 골짜기마다
관 뚜껑에 못을 박는 사무침으로
허공 홰를 치는 시원한 적멸
적멸을 울리는 소리입니까
이윽고
안개바다
안개바람 속으로
우거진 번뇌
우거진 질곡

새벽성
새벽별 모조리 털어버리고
모조리 거둬들이고
간밤에 넘어선 흰 달
흰 달빛 거기 어리인 채
매화꽃 한 가지 들어
소리없는 소리 흔들었습니다
소리없이 흔들었습니다

85

그러니까,
요즈음만이 아니라
한 서너달 어이없이 가물어버리는
세월
세월 밖에서나

강이란 강바닥
하늘바라기 하늘바닥까지
모조리 거북 등으로 갈라진 채
흉흉히 드러나

이 세상에
하늘이나 하고
이 하늘 아래에 무지렁이들이나 하고
이보다 더한 걱정
이보다 더한 사랑이 어디 있겠습니까

참으로 그렇지요
이제는 그저 닥치는 대로 퍼마시고

아무데나 함부로 퍼내지르고
마구 버리고 버리고 하여
저마저 내던져버리고서야
버릴 곳도 없지요

이리하여
오늘날 천백억 중생의 목이 타고
창자가 밭아버리고
마침내는 이 천지를 멸도하신 후에라도
우리네 무지렁이 개벽의 원력으로
부디 새 천지 하나 일으켜 세울
청신한 비는
바야흐로 흡족히 내려주셔야 합니다

86

원수 외나무다리에서 만난다지요
하필이면 외나무다리인가요
원수를 향하여
소리없이 외쳤다지요
원수와 원수가
불시에 외나무다리 아니면
어디에서 만나야 할 자리나 있나요

어찌할 수 없이
외나무다리에 한허리 걸린 채
해가 되어
달이 되어
장강이 되어 흐르고 흘러가지만
그것은 외나무다리 아래 되돌아오는
말 못할 허구의 태평연월일 뿐

원수와 원수는
끊임없이 외나무다리에서 만나
외나무다리와 함께

자취도 없이 함몰하여버리는──

돌고래 뛰어넘는
돌고래 울음이야
붉은 노을 속
허공을 떨쳐났지요

87

오늘——
오늘이야말로 오늘이다

어제보다 나은 것이 오늘이 아니다
내일보다 못한 것이 오늘이 아니다
오늘은
어제와 내일을 잇고
어제와 내일을 한꺼번에 지워버리고
그리고 오늘은
그러한
절대의 현실——통바람속이다

오늘은
이 한 해 아래
우리가 그러고도
서로가 등을 돌리고 살아왔으니
서로가 등을 돌린 채
불구대천하고 살아온 모순들이
과연 누구의 모순이었던가

등을 돌린 채로
우리가 그런대로
짐승처럼 웅크리고 앉아
눈부신 통바람속 꿈을 달리며
눈부시게 생각하여보자

오늘은
우리가 서로 등을 돌린
등허리에
무지개가 솟는다

온통 눈부시게 무지개가 솟는다

저자 후기

『개벽의 노래』가 이루어지기까지, 여기에는 실로 자기실현으로서의 삼 사년이라는 과정을 헤아리게 됩니다. 말하자면 나의 시업은 1950년대 중 반부터 기채(起債)된 셈이지요. 이에는 누가 알아주든 말든 또 누가 무 엇이라 하든간에 물론 개인적인 자각이나 보람에 있어서마저도 별로 보 잘것이 없는 것이었지요.

그러나 우리가 다같이 살아간다는 것, 생각한다는 것, 깨닫는다는 것, 고뇌하고 방황하고 싸우고 갈등하고 죽어간다는 것뿐만 아니라 우리가 한결같이 중생이라는 사실, 그중에도 인간이라는 사실, 우주와 사회적인 동질성, 그러고저런 이데올로기까지를 포함하여 우리가 다함께 이 시대 에 살고 있다는 역사와 생명의 공동체로서의 이 절대의 현실만은 떠날 수가 없습니다.

그리고 보면 이 세계의 일체처·일체시·일체사·일체연으로부터 어우 러지는 연기(緣起)의 온갖 크고 작은 사건들이, 가령 하잘것이 없는 사 소한 일 사소한 작업일지라도 그것은 결코 개인이거나 개인사에 그치고 마는 것이 아닙니다. 그것은 오히려 한바다에 이르기까지의, 한바다가 되는 장엄한 몸부림──그 끊임이 없는 파동이지요. 하물며 이렇듯 찢 어진 생명, 찢어진 역사, 찢어진 중생으로도 그것은 더 말할 것도 없이 우리의 절실한 새 역사의 마음속 그리움으로 돌아오고 있습니다.

이리하여 개벽은 다른 것이 아니라 이 시대와 둘이 아닌 이 시대의 주 제가 되었습니다. 이제 개벽은 어느 하늘의 지상명령이거나 혹은 난데없이 떨어진 날벼락이라는 식의 그러한 우연 그러한 비유만으로는 합당하지 않지요. 무시 이래 오늘날에 이르기까지 이 우주 현실세계 국토에 꽉 차 있는(살아있는) 중생(민중)의 대원력——그 실체가 바로 그것입니다. 그러므로 중생해방·중생성취의 역사와 더불어 중생의 원력을 한결같이 실천하는 길만이 바야흐로 개벽이라는 이 시대의 대주제 속에 담겨진 진실이라 믿습니다.

　나의 하잘것도 없는 이 몇몇 작품들이 어찌 감히 이 개벽의 지엄한 원력을 만에 하나라도 이룩하는 소이가 되겠습니까마는 이 개벽의 노래는 바로 그 만에 하나라도 이바지하기 위하여 앞으로도 더욱 나의 신명이 다하는 날까지 꾸준히 공부하고 이어나가야 할 것으로 알고 있습니다.

　항상 별 말씀이 없는 가운데 격려하여 주시는 백낙청선생과 창작과비평사 여러분께 감사를 드립니다.

1992년 가을

이　종　원

창비전작시

개벽의 노래

저자와의 협약에
의해 검인 생략

1992년 10월 30일 인쇄
1992년 11월 10일 발행

저 자 이　종　원

발행자 김　윤　수

발행처 **창 작 과 비 평 사**

121-070 서울 마포구 용강동 50-1
전화 718-0541·0542 (영업)
718-0543·0544 (편집)
716-7876·7877 (독자관리)
FAX. 713-2403
대체구좌 010041-31-0518274
지로번호 3002568
등록 1986. 8. 5　제10-145호

ISBN 89-364-2822-5　　　　값 **4,000원**